Analyse d'œuvre

Rédigée par Tatiana Sgalbiero

Le Petit Prince

d'Antoine de Saint-Exupéry

Profil Littéraire

ANTOINE DE SAINT-EXUPÉRY

- Né en 1900 à Lyon.
- Mort en 1944, disparu en mission.
- **Quelques-unes de ses œuvres :**
  - *Courrier sud* (roman, 1929)
  - *Vol de nuit* (roman, 1931)
  - *Terre des hommes* (essai autobiographique, 1939)

Connu pour être un grand écrivain, Antoine de Saint-Exupéry est avant tout aviateur, reporter et inventeur. Passionné par les avions, et plus particulièrement par le vol, il y consacre toute sa vie, voyageant dans le monde entier et enchaînant les missions civiles ou militaires. Ce sont ses expériences dans ce domaine qui lui inspirent ses œuvres.

Ses nombreux périples et ses multiples rencontres l'amènent en effet à s'interroger sur la condition humaine, sur ce qui l'entoure, sur le sens de l'existence et sur la manière de s'intégrer à un monde où la technologie occupe une place de plus en plus importante. Autant de réflexions qui forment le terreau de ses récits.

Ses œuvres, toutes récompensées par de prestigieux prix littéraires, ont marqué et marquent encore les esprits par leur véracité, leur symbolique et leur simplicité apparente. Elles sont des références incontournables de la littérature française du XXe siècle.

LE PETIT PRINCE

- **Genre :** conte poétique et philosophique.
- **1ʳᵉ édition :** le 6 avril 1943 chez Reynal et Hitchcock.
- **Édition de référence :** *Le Petit Prince*, Paris, Gallimard, 1999.
- **Personnages principaux :**
  - L'aviateur, qui est aussi le narrateur.
  - Le petit prince, un enfant, le héros du livre.
  - Le renard, l'ami du petit prince.
  - La rose, la protégée du petit prince.
- **Thématiques principales :** l'âge adulte, les relations humaines, l'invisible, l'ouverture au monde, la découverte.

C'est sous l'apparence d'un conte pour enfants qu'Antoine de Saint-Exupéry signe son œuvre la plus célèbre. *Le Petit Prince*, qui est en réalité un récit poétique et philosophique, est publié en 1943, simultanément en anglais et en français, aux États-Unis. Il ne paraît en France que trois ans plus tard. Il s'agit de l'un des plus grands phénomènes éditoriaux du XXᵉ siècle : traduite dans plus de 270 langues, c'est l'œuvre la plus lue et la plus connue dans le monde entier après la Bible. Elle a, en outre, inspiré un nombre incalculable d'adaptations et de réalisations en tous genres.

Saint-Exupéry entame l'écriture de ce conte plein de poésie et de mystère en 1942, alors qu'il est en exil aux États-Unis. Mais le personnage du petit prince le hante depuis longtemps déjà... Il est également l'auteur des illustrations qui jalonnent le texte, réalisées à l'aquarelle.

LA VIE D'ANTOINE DE SAINT-EXUPÉRY

LE « ROI SOLEIL » DE LA FAMILLE

Antoine de Saint-Exupéry naît à Lyon, le 29 juin 1900, dans une famille d'origine noble. Suite au décès de son père quatre ans plus tard, il grandit entouré de sa mère, de ses trois sœurs, de son frère, de ses tantes et de sa grand-mère dans les domaines familiaux. Enfant-chéri de la famille, il connaît une jeunesse heureuse. Très tôt passionné par les avions, il réalise son baptême de l'air à l'âge de 12 ans.

Antoine et son frère François sont envoyés au collège jésuite de Villefranche-sur-Saône en 1912, puis chez les frères marianistes à Fribourg, en Suisse, en 1915. Mais le second tombe rapidement malade et meurt durant l'été 1917, un événement qui marque profondément le futur écrivain. Ce dernier obtient son baccalauréat la même année et se rend à Paris pour poursuivre ses études. Il y rencontre notamment André Gide (1869-1951) et Gaston Gallimard (1881-1975). Échouant au concours d'entrée de l'École navale, il se lance dans des études d'architecture aux Beaux-Arts.

En 1921, Saint-Exupéry intègre, lors de son service militaire, le deuxième régiment d'aviation de Strasbourg. Mais le jeune homme n'apprécie pas la vie rude des militaires. Sa mère lui offre alors un entraînement dans une société civile et il devient pilote civil, avant d'être admis en tant que pilote militaire à Istres, dans le Midi de la France. Malgré plusieurs accidents d'avion, dont un grave au Bourget en 1923, il persiste dans cette voie. Il adore voler. Par ailleurs, c'est à cette époque qu'il fait ses premiers pas en littérature, notamment avec la nouvelle *L'Aviateur*, qui paraît en 1926 dans la revue *Le Navire d'argent*.

Immeuble parisien dans lequel Antoine de Saint-Exupéry a vu le jour, le 29 juin 1900.

LA VIE D'UN PILOTE DE LIGNE

En 1926, Saint-Exupéry parvient à se faire engager en tant que pilote dans la compagnie aérienne française Latécoère. À lui l'aventure ! Il est envoyé à Montauban et confié à l'aviateur Didier Daurat (1891-1969). Là, il se forme aux côtés de deux autres aviateurs, Jean Mermoz (1901-1936) et Henri Guillaumet (1902-1940), afin de devenir pilote de ligne. Dans un premier temps, il transporte le courrier entre Toulouse et Casablanca, puis entre Casablanca et Dakar. Au cours de son premier vol vers le Sénégal, une panne mécanique le contraint à rester seul dans le désert, jusqu'à ce que ses compagnons viennent le secourir le lendemain. Ensuite, en octobre 1927, il devient chef de poste au Cap Juby (Maroc), dans une zone dangereuse : il est chargé du maintien des bonnes relations entre les Maures et les Espagnols, et d'aller secourir les pilotes en difficulté. Isolé dans le désert, il consacre beaucoup de temps à l'écriture.

En 1929, après un bref retour en France, Saint-Exupéry est nommé directeur de la compagnie Aeroposta Argentina à Buenos Aires, où il retrouve Jean Mermoz et Henri Guillaumet. La même année, il publie son premier roman, *Courrier sud*, qui évoque le transport du courrier. En juin 1930, son ami Guillaumet disparaît pendant cinq jours suite à un accident d'avion dans les Andes. Cet épisode ébranle vivement Saint-Exupéry qui le relatera dans *Terre des hommes*.

PERDU DANS LE DÉSERT LIBYEN

De retour en France en 1931, l'aviateur-écrivain épouse Consuelo Suncin Sandoval (1901-1979), rencontrée un an plus tôt, et publie *Vol de nuit*, récit de son périple en Amérique latine. Deux ans plus tard, il devient pilote d'essai chez Latécoère, mais il est rapidement obligé de mettre fin à sa carrière suite à un nouvel accident. Il est alors chargé de voyages d'études et de conférences pour Air France. Il mène à cette époque la grande vie, voyage beaucoup (en Allemagne, en Espagne, en Russie, autour de la Méditerranée, etc.), et écrit de nombreux articles et reportages pour différentes revues. Toutefois, cette existence ne lui plaît pas.

C'est pourquoi, dès 1935, Saint-Exupéry se lance dans une nouvelle aventure : il acquiert son propre avion et tente un raid devant relier Paris à Saïgon. Le lendemain de son départ, son avion s'écrase au sud d'Alexandrie (Égypte). Pendant trois jours, lui et son mécanicien Jean Prévot sont perdus dans le désert libyen avant d'être secourus par des Bédouins. Qu'à cela ne tienne, il achète un nouvel avion en 1938 et décide de prendre part, cette fois, au raid qui relie New York à la Terre de Feu. Mais suite à un nouvel accident sur la piste de décollage de Guatemala City, Saint-Exupéry est grièvement blessé. Il est contraint de rester plusieurs mois à Manhattan en convalescence, l'occasion pour lui de se remettre à l'écriture. *Terre des hommes* paraît en 1939 et est récompensé par le Grand Prix du roman de l'Académie française.

VOLER QUOI QU'IL EN COÛTE

Ayant observé le vrai visage du national-socialisme lors de ses voyages à Berlin, Saint-Exupéry émet le désir de prendre part à la guerre dès 1939. Il intègre alors le groupe de reconnaissance 2/33, près de Vitry-le-François, et accomplit plusieurs missions, dont l'une lui vaut d'être décoré de la Croix de guerre : le 23 mai 1940, alors que son avion est criblé de balles, il parvient à ramener ses passagers sains et saufs. Cette prouesse fait l'objet de *Pilote de guerre*, qui paraîtra en 1942.

Après l'armistice, en août 1940, il retourne à la vie civile et quitte la France pour les États-Unis. Il se donne pour mission de sensibiliser les Américains à ce qu'il se passe en Europe afin de les pousser à entrer en guerre. C'est au cours de ce séjour qu'il rédige *Le Petit Prince*.

Lorsque les États-Unis et l'Angleterre envoient des troupes aider la France, Saint-Exupéry veut reprendre du service, bien qu'il soit trop âgé et trop marqué par les séquelles de ses différents accidents. Il parvient cependant, avec l'aide de bons contacts, à réintégrer le groupe 2/33, alors basé au Maroc. En juin 1943, il est nommé commandant à La Marsa, près de Tunis. Mais un nouvel accident lui vaut d'être encore une fois écarté des pistes d'envol. Saint-Exupéry se laisse alors dépérir jusqu'à ce qu'il reçoive l'autorisation de rejoindre son groupe en Sardaigne et de réaliser cinq dernières missions. Alors qu'il a déjà dépassé le nombre de vols accordés, on lui annonce qu'il est chargé d'une ultime mission, le 31 juillet 1944. Ce jour-là, il s'envole vers la région de son enfance, mais il ne rentrera jamais. Ni son avion ni son corps ne sont retrouvés.

| Inscription à la mémoire de Saint-Exupéry au Panthéon de Paris.

SAINT-EXUPÉRY, UN INVENTEUR ?

Entre 1934 et l'année de son décès, Antoine de Saint-Exupéry dépose plusieurs brevets d'invention ayant pour objectif d'améliorer les conditions de vol des pilotes. En 1939, il fait notamment breveter le télémètre, un appareil servant à mesurer les distances. Plus doué dans les matières scientifiques que littéraires, Saint-Exupéry a toujours beaucoup aimé les mathématiques. Il est d'ailleurs l'auteur de plusieurs problèmes mathématiques, dont le problème du Pharaon et le problème des nombres gelés.

RÉSUMÉ DU *PETIT PRINCE*

UNE RENCONTRE EXTRAORDINAIRE

Lorsqu'il avait six ans, le narrateur s'est heurté à l'incompréhension et à la froideur des adultes. Les dessins de serpents boas qu'il se plaisait à faire n'obtenant aucun succès – on lui conseillait plutôt de se consacrer à l'étude –, il s'est orienté vers une carrière sérieuse de pilote d'avion. Il raconte alors un épisode survenu six ans plus tôt, alors qu'il était en panne d'avion en plein désert, complètement seul.

Un matin, à son réveil, il découvre un petit garçon qui lui demande de lui dessiner un mouton. Stupéfait, il s'exécute. Après plusieurs tentatives infructueuses, il esquisse finalement une simple boîte avec des trous et annonce à l'enfant que son mouton se trouve à l'intérieur. Celui-ci semble satisfait.

Toujours sidéré de cette apparition en plein désert, le narrateur essaye de savoir d'où provient le petit prince et de comprendre ce qu'il fait là. Mais ce dernier ne répond à aucune de ses questions et en pose lui-même beaucoup. Ce n'est que petit à petit que l'aviateur découvre les aventures du jeune garçon. Il apprend ainsi qu'il vient d'un astéroïde à peine plus grand qu'une maison et que, chaque matin, il doit faire la toilette de sa planète afin d'éviter que des baobabs n'y poussent et ne la détruisent. L'enfant ramone aussi les trois petits volcans (dont un éteint) qui s'y trouvent et qui lui sont utiles pour chauffer ses repas. Un matin, une magnifique fleur éclot sur l'astéroïde : une rose vaniteuse. Au début, le petit prince cède à tous ses caprices par amour. Mais très vite, il se rend compte qu'elle ment et il commence à douter d'elle, ce qui le rend malheureux. Il décide alors de quitter sa planète afin de se trouver un véritable ami. La rose lui demande pardon et lui avoue qu'elle l'aime, mais l'enfant part tout de même.

VOYAGES ET DÉCOUVERTES

Le petit prince commence par visiter les astéroïdes proches du sien. Sur le premier, il rencontre un roi, heureux et fier d'enfin faire la connaissance d'un de ses sujets. Celui-ci s'obstine à donner des ordres ridicules, mais raisonnables, au petit prince afin d'exercer son autorité. Il lui explique qu'il règne sur les étoiles, ce qui impressionne beaucoup le jeune garçon, jusqu'à ce que ce dernier s'aperçoive de la fatuité du personnage. Il décide alors de poursuivre son voyage.

La deuxième planète qu'il visite est habitée par un vaniteux, heureux qu'un de ses admirateurs vienne l'applaudir. Le petit prince ne comprend pas le raisonnement de ce personnage et repart très vite en direction d'une troisième planète. Sur cette dernière, il rencontre un ivrogne qui boit pour oublier qu'il a honte de boire. Perplexe, le garçon poursuit sa route. Sur la planète suivante, il rencontre un businessman plongé dans des calculs : il compte les étoiles dont il se dit le propriétaire. Si ce dernier se qualifie d'homme sérieux, le petit prince lui démontre qu'il est absurde de posséder quelque chose si on ne lui est pas utile. Le businessman ne trouve rien à lui répondre et l'enfant repart.

La cinquième planète abrite quant à elle un réverbère et un allumeur de réverbère. Ce dernier applique à la lettre la consigne d'allumer et d'éteindre le réverbère au coucher et au lever du soleil, c'est-à-dire chaque minute. En effet, bien que sa planète tourne plus vite qu'auparavant, il continue d'appliquer cette directive scrupuleusement. Malgré son étrangeté, l'allumeur paraît moins bizarre aux yeux de petit prince que toutes ses rencontres précédentes, car il est le moins égoïste. Mais l'enfant poursuit tout de même sa route et arrive sur une sixième planète, habitée par un géographe. Ce dernier est heureux de voir un explorateur arriver près de lui : le petit prince pourra lui apprendre des choses sur le monde, car lui-même se refuse à voyager. Le géographe lui demande alors de lui décrire sa planète et le garçon s'exécute. Alors qu'il évoque sa fleur, il éprouve des regrets de l'avoir laissée seule, surtout quand il apprend qu'elle est éphémère. Sur les conseils du géographe, il se dirige vers une nouvelle planète, la Terre.

UN NOUVEAU DÉPART

La première rencontre du petit prince sur Terre est celle d'un serpent. Ce dernier lui apprend qu'il se trouve en Afrique, dans le désert, où il n'y a personne. En regardant les étoiles, l'enfant devient nostalgique : il pense à sa fleur. Le reptile lui annonce qu'il peut l'aider à retrouver son étoile, s'il le souhaite. Mais le moment n'est pas encore venu et le garçon poursuit son chemin : il traverse le désert et arrive dans un jardin de roses. Là, il est stupéfait de constater que sa fleur n'est pas unique au monde et s'en trouve très malheureux. C'est alors qu'apparaît un renard. Le petit prince veut jouer avec lui car il est triste, mais l'animal lui explique qu'il ne peut pas car il n'est pas apprivoisé. L'enfant lui propose donc de l'apprivoiser et de devenir son ami. Ainsi, petit à petit, ils apprennent à se connaître et créent des liens. Mais, bientôt, le petit prince doit reprendre la route.

Il rencontre encore un aiguilleur de trains, un marchand de pilules et, finalement, le narrateur, en panne dans le désert. Lorsqu'il a fini de lui raconter ses péripéties, le petit prince et l'aviateur ont soif. Ils se mettent alors en quête d'un puits et en découvrent un au petit matin. Peu après, le narrateur apprend que la date anniversaire de la chute du petit garçon sur Terre approche et comprend que quelque chose se trame, mais il repart tout de même travailler sur son avion. Le lendemain, l'appareil réparé, il retrouve l'enfant là où il l'a laissé. Celui-ci est en train de discuter, assis sur un muret, avec un serpent venimeux. Le petit prince lui annonce qu'il rentrera chez lui avec l'aide du reptile : ce dernier, d'une morsure à la cheville, le fait doucement tomber dans le sable. Le lendemain matin, son corps a disparu. Le narrateur sait désormais que le petit prince a regagné sa planète.

Statue représentant le petit prince sur sa planète, Hakone (Japon), musée du Petit Prince de Saint-Exupéry.

L'ŒUVRE EN CONTEXTE

LE MONDE EN GUERRE

Si *Le Petit Prince* ne semble faire aucune référence au contexte qui le voit naître, l'histoire de cet enfant, symbole de pureté et d'innocence, n'est certainement pas anodine au moment où l'Europe est le théâtre d'une barbarie sans nom. L'œuvre de Saint-Exupéry voit en effet le jour au cœur de la de la Seconde Guerre mondiale (1939-1945).

Celle-ci trouve son origine dans la volonté d'Adolf Hitler (1889-1945) de libérer l'Allemagne des promesses faites en 1919 suite au traité de Versailles et de dominer l'Europe entière. Si la tension est palpable dès les années trente, elle atteint son point culminant le 1er septembre 1939, lorsqu'Hitler envahit la Pologne. Cette dernière reçoit alors le soutien de la France et de l'Angleterre qui déclarent conjointement la guerre à l'Allemagne. Le Japon entre à son tour en guerre dès 1941, aux côtés de l'empire nazi et de l'Italie, bientôt suivi par les États-Unis, dans le camp des Alliés. Les troupes du Führer conquièrent rapidement une grande partie de l'Europe, imposant leur idéologie raciste partout où elles passent.

Elles pénètrent en France, par le Nord du pays, le 10 mai 1940. Trois jours après l'appel à la résistance lancé par le général Charles de Gaulle (1890-1970) depuis Londres le 18 juin 1940, le maréchal Philippe Pétain (1856-1951), qui est alors à la tête du gouvernement français, demande l'armistice. Ce dernier instaure le régime de Vichy et s'octroie tous les pouvoirs, mettant ainsi fin à la IIIe République. Une importante répression de la population se met en place et la collaboration avec l'Allemagne nazie devient officielle dès octobre 1940. Cependant, les Français ne baissent pas les bras et organisent un important réseau de résistance, avec le soutien de Charles de Gaulle et des Alliés.

En novembre 1942, les Allemands envahissent la zone du pays restée libre et prennent le contrôle total du régime de Vichy. Celui-ci prend fin en juin 1944, lorsque les Alliés débarquent sur les côtes normandes afin de libérer la France. Le IIIe Reich capitule quant à lui le 8 mai 1945.

Jamais un conflit ne s'est autant étendu que celui-ci. La Seconde Guerre mondiale a mobilisé un grand nombre de nations à travers le monde entier et provoqué la mort de plus de 62 millions de personnes, essentiellement des civils, parmi lesquels plus de cinq millions de Juifs, des dizaines de milliers de handicapés, de Tziganes ou encore d'homosexuels. L'Europe en est ressortie fortement affaiblie.

LA GENÈSE DU *PETIT PRINCE*

Lorsque *Le Petit Prince* paraît, en 1943, le héros du conte a déjà, en réalité, plusieurs années d'existence. Ce personnage hante en effet Antoine de Saint-Exupéry depuis quelque temps : l'écrivain aime griffonner, dans ses courriers ou sur les coins de nappes en papier, la silhouette d'un jeune garçon dont les traits, peu à peu, s'apparentent à ceux que nous connaissons aujourd'hui du petit prince. C'est à la demande de son éditeur, Eugene Reynal, ou peut-être de l'épouse de celui-ci, que l'écrivain se lance dans la création de l'histoire de ce petit personnage. L'objectif de l'éditeur est de publier pour la Noël 1942 un conte destiné aux enfants. Mais, selon d'autres sources, l'idée d'écrire un conte pour la jeunesse taraude l'auteur depuis de nombreuses années, et c'est la lecture d'un texte de l'écrivain danois Hans Christian Andersen (1805-1875) par l'une de ses amies, l'actrice Annabella (1907-1996), qui le décide à commencer l'écriture du *Petit Prince*.

Lorsqu'il prend la plume pour composer l'histoire de son petit garçon aux cheveux d'or, au cours de l'été 1942, Saint-Exupéry est en mauvaise santé et s'est retiré dans le manoir de Bevin House, à Long Island. Ce récit lui offre alors un moyen de s'évader de la stagnation du quotidien. Comme pour tous ses écrits, il puise son inspiration dans son environnement. Ainsi, le sérieux du petit prince renvoie au contexte mondial difficile dans lequel il voit le jour. Aussi le personnage en lui-même est-il considéré par certains comme un avatar de Saint-Exupéry enfant. Pour d'autres, l'auteur ferait allusion à son frère décédé, aux enfants qu'il n'a pas eus ou à l'un de ses neveux. D'autres encore, enfin, suggèrent qu'il se serait inspiré du fils de son ami, le philosophe Charles De Koninck (1906-1965), pour créer les traits physiques de son héros, tandis que la personnalité du petit prince aurait quant à elle été inspirée par celle de Pierre Sudreau (1919-2002), un résistant devenu ministre de l'Intérieur.

LA LITTÉRATURE AU XXᵉ SIÈCLE

Dans la première moitié du XXᵉ siècle, les courants artistiques se multiplient partout en Europe (dadaïsme, surréalisme, futurisme, etc.). Marquée par les atrocités de la Première Guerre mondiale (1914-1918), mais également inquiète, dès les années trente, par la montée des extrémismes, les problèmes sociopolitiques et la crise économique de 1929, la société se caractérise par une perte de repères. Les artistes sont dès lors en quête de nouveaux modes d'expression et de nouveaux idéaux.

Deux mouvements majeurs marquent plus particulièrement cette époque : d'une part le surréalisme, qui touche tous les arts et apparaît après la Grande Guerre ; d'autre part l'existentialisme, exclusivement philosophique et littéraire, qui naît quant à lui dans les années trente. Le premier, dont les représentants majeurs sont André Breton (1896-1966), Philippe Soupault (1897-1990) et Louis Aragon (1897-1982), explore l'imagination et libère l'inconscient, faisant de l'irrationnel un élément fondamental des productions artistiques et littéraires. Mais les surréalistes ne s'en tiennent pas à l'art et cherchent, en outre, à révolutionner le monde en mettant à mal les valeurs bourgeoises de l'époque. L'existentialisme, pour sa part, est essentiellement représenté par les figures françaises de Jean-Paul Sartre (1905-1980) et d'Albert Camus (1913-1960), et mène une vaste réflexion sur la condition humaine. Selon eux, l'homme n'est pas déterminé par une quelconque essence ; il se définit librement par ses choix et ses actes. À lui, dès lors, d'utiliser sa liberté le mieux possible, par exemple en s'engageant dans la société.

De manière générale, à côté des œuvres existentialistes de Sartre et Camus, la première moitié du XXe siècle voit éclore toute une littérature qui, sans se rattacher à ce mouvement, s'interroge sur le sens à donner à la vie et sur la place de l'homme dans le monde. Les artistes et les écrivains désirent désormais s'engager politique-ment et socialement, à travers leurs œuvres, et offrir de nouveaux modèles à suivre à leurs contemporains. Saint-Exupéry s'inscrit clairement dans cette tendance.

ANALYSE DES PERSONNAGES

L'AVIATEUR

Premier personnage que le lecteur découvre à la lecture du conte, le narrateur n'est pourtant guère décrit. Le texte nous indique seulement qu'il a été un enfant à l'imagination débordante qui a finalement dû s'orienter vers une carrière sérieuse. Il apparaît à la fois comme l'interlocuteur ou le confident du petit prince et comme l'intermédiaire entre l'histoire de ce dernier et le lecteur.

Dans la mesure où il s'exprime à la première personne du singulier, le lecteur est amené à l'identifier à Antoine de Saint-Exupéry, d'autant plus qu'il existe plusieurs similitudes entre eux deux. Comme l'auteur, le narrateur est aviateur et s'est retrouvé seul dans le désert, en panne d'avion.

Ce personnage nous offre le point de vue d'un adulte éclairé. Grâce à sa rencontre avec le petit prince, il prend conscience qu'il est devenu une grande personne presque comme les autres et qu'il a oublié l'enfant qu'il était. Le garçon lui réapprend à ouvrir son cœur et son esprit, et l'amène à réfléchir au sens de la vie, de l'amitié et de l'amour. C'est donc l'enfant qui se fait le maître de l'adulte. Depuis, le narrateur ne cesse de chercher quelqu'un qui comprendra les dessins de son enfance et qui aura l'esprit aussi ouvert que lui. En ce sens, il apparaît comme un modèle à suivre.

LE PETIT PRINCE

Héros du conte, le petit prince est un enfant mystérieux originaire d'une planète inconnue. Obstiné, quand il prend une décision, que ce soit celle de quitter sa planète ou celle d'y retourner, il s'y tient.

Curieux, il ne cesse de poser des questions et de chercher à comprendre le sens du monde et de l'existence. Il incarne ainsi la pureté et l'innocence de l'enfance.

Par ailleurs, par sa manie d'interroger ceux qu'il rencontre, il force ses interlocuteurs à réfléchir, et leur permet de cette manière de se rendre compte des limites de leur logique et de ce qui importe dans la vie. Dès lors, le petit garçon incarne également la sagesse et la découverte, celle du monde environnant, mais aussi celle de soi-même et des autres. Lui-même donne un sens à tout ce qu'il entreprend et à tout ce qui l'entoure. En cela, il s'avère plus mature et plus réfléchi que toutes les grandes personnes qu'il croise sur son chemin. Sa chevelure blonde comme les blés souligne d'ailleurs la lumière qui se dégage de lui.

Il est également possible d'identifier ce personnage à Antoine de Saint-Exupéry. En effet, la relation entre la rose et le jeune garçon peut être considérée comme le reflet de la relation privilégiée qu'entretenait l'écrivain avec sa mère. En outre, il existe des similitudes entre le passé du narrateur, qui se plaint d'avoir vécu seul jusque-là, sans personne à qui parler, et la vie du petit prince, qui habite seul une toute petite planète qu'il quitte afin de trouver des amis. Enfin, il est amusant de noter que le héros de Saint-Exupéry, lui-même surnommé durant son enfance « le roi soleil » en raison de la blondeur de ses cheveux, est un petit prince blond.

LA ROSE

Seule et unique figure féminine du conte, la rose n'a *a priori* pas le beau rôle. Présentée comme coquette, vaniteuse, menteuse et dominatrice, elle est responsable du départ du petit prince de sa planète à cause de ses jérémiades, qui ne sont, en réalité, qu'une façon d'attirer et de conserver l'attention de l'enfant. À la différence de son ami, son langage n'est pas transparent : elle ne dit pas la vérité telle qu'elle est. De ce fait, elle incarne l'incompréhension langagière. C'est d'ailleurs parce qu'ils ne savent ou ne peuvent pas communiquer ouvertement que le petit prince décide de partir.

Cependant, malgré tous ses défauts, la rose incarne également l'amour. Le garçon est aux petits soins pour sa fleur, unique au monde, et n'a d'yeux que pour elle. À peine a-t-il quitté sa planète que ses premières pensées sont pour elle et qu'il regrette d'avoir laissée seule. Même lorsqu'il est sur Terre, il ne cesse de penser à sa rose : il a peur que le mouton ne la mange et il la défend face aux autres roses du jardin. Souhaitant à tout prix la retrouver, il va jusqu'à se sacrifier pour elle.

LE SERPENT

Le serpent est à la fois le premier être vivant que le petit prince rencontre lorsqu'il arrive sur la Terre et le dernier qu'il voit avant de rejoindre sa planète. En ce sens, le reptile joue un rôle de passeur. Par ailleurs, il est aussi le premier à lui confier que la solitude est universelle, y compris chez les hommes.

Habituellement considéré comme un animal vil, le serpent est doté d'une importante dimension symbolique : il incarne souvent le mal, voire le diable, notamment à travers la figure du tentateur dans le jardin d'Éden, celui qui pousse Ève à la faute. Il pourrait donc être, *a priori*, l'antithèse du petit prince. Mais face à la pureté du jeune garçon, même le serpent se replie : s'il s'enroule autour de sa cheville, il ne lui fait cependant aucun mal. Il lui propose seulement son aide pour l'avenir : avec douceur, il lui permettra de retourner sur sa planète, son paradis perdu, quand le moment sera venu. Saint-Exupéry réhabilite ainsi l'image négative de cet animal.

LE RENARD

Le renard incarne quant à lui l'amitié. Il apprend au petit prince l'une des choses les plus fondamentales de la vie : aimer. Son point de vue est à la fois original et objectif, puisqu'il s'agit d'un animal chassé par l'homme. En lui expliquant la signification du terme *apprivoiser* et l'importance des liens que l'on peut créer avec les autres, le renard permet au petit prince, et indirectement au narrateur, d'accéder réellement à l'amitié et à l'amour. Il est la rencontre-clé du récit.

Le fait que ce soit un animal qui montre au protagoniste comment se lier d'amitié permet de sensibiliser le lecteur à l'ensemble des êtres vivants. Au final, le renard et le serpent sont les deux personnages qui apportent la plus grande aide à l'enfant. Par leur biais, Saint-Exupéry révèle que l'être humain n'est pas unique sur Terre et qu'il n'est en rien supérieur au reste de la Création.

ANALYSE DES THÉMATIQUES

« LES GRANDES PERSONNES SONT BIEN ÉTRANGES. »

Le Petit Prince s'ouvre sur un constat : les grandes personnes ont l'esprit fermé. D'emblée, Antoine de Saint-Exupéry affirme que les adultes et les enfants sont très différents. Les premiers ne voient pas plus loin que le bout de leur nez, ils sont incapables de distinguer ce qui importe vraiment, et ils ne s'intéressent qu'aux chiffres et à tout ce qui a l'air sérieux. En revanche, les enfants sont beaucoup plus ouverts, ils sont attentifs à tout ce qui les entoure et ils sont pleins d'imagination.

Chacun des personnages rencontrés par le petit prince lors de son périple incarne un trait de caractère typique des adultes : l'autorité toute-puissante pour le roi, la vanité pour le vaniteux, la dépendance pour l'ivrogne, le sérieux pour le businessman, le conformisme pour l'allumeur de réverbère et l'utopisme pour le géographe. Autant d'attitudes implicitement condamnées par l'auteur. En outre, ce dernier parsème également son conte, à travers la voix du narrateur, de commentaires qui expriment très clairement son aversion pour le monde adulte :

> « Les grandes personnes ne comprennent jamais rien toutes seules, et c'est fatigant, pour les enfants, de toujours et toujours leur donner des explications… […] J'ai ainsi eu, au cours de ma vie, des tas de contacts avec des tas de gens sérieux. J'ai beaucoup vécu chez les grandes personnes. Je les ai vues de très près. Ça n'a pas amélioré mon opinion. » (p. 14)

Or, le problème, c'est qu'un jour les enfants deviennent à leur tour des adultes. Il importe donc, selon Saint-Exupéry, de parvenir à conserver ou à réveiller l'enfant qui sommeille en chacun de nous.

C'est l'objectif final du conte : à travers toutes les rencontres du petit prince, y compris celle du narrateur, l'auteur apprend au lecteur à retrouver l'ouverture d'esprit de son enfance. Pour ce faire, il distille dans chacun des épisodes de l'histoire des petites morales destinées à l'aider à mieux appréhender son environnement, à mieux vivre et, surtout, à trouver le sens de l'existence.

Il est significatif que ce soit par le biais d'un enfant que Saint-Exupéry transmette ses messages. C'est en effet grâce aux questions candides du petit prince que les précieux conseils sont donnés au lecteur. Le fait qu'il ne réponde pas aux questions matérialistes des adultes et, surtout, qu'il s'adresse à eux sur le ton qu'il lui plaît est également lourd de sens. Chaque adulte devrait prendre exemple sur lui et laisser s'exprimer librement son côté enfantin.

La scène du puits, en particulier, est une métaphore de ce à quoi chacun devrait parvenir. Bien qu'il trouve l'idée de chercher un puits en plein désert absurde, le pilote accepte de suivre le petit prince. Dès lors, sa marche vers le point d'eau peut être considérée comme une sorte de parcours initiatique. Au fur et à mesure qu'il avance dans le désert, il comprend de mieux en mieux ce que lui révèle l'enfant et assimile son message :

> « Ce qui embellit le désert, dit le petit prince, c'est qu'il cache un puits quelque part...
> Je fus surpris de comprendre soudain ce mystérieux rayonnement du sable. [...]
> – Oui, dis-je au petit prince, qu'il s'agisse de la maison, des étoiles ou du désert, ce qui fait leur beauté est invisible ! [...]
> Et, marchant ainsi, je découvris le puits au lever du jour. » (p. 82-84)

La découverte du puits symbolise alors l'assimilation complète des valeurs et des messages transmis par l'enfant à l'adulte. Autrement dit, tout s'éclaire enfin pour l'aviateur : il comprend ce que cherche le garçon aux cheveux d'or et intègre parfaitement ses leçons.

« ON NE VOIT BIEN QU'AVEC LE CŒUR. »

Comme on vient de le voir, le premier et principal reproche fait à l'encontre des grandes personnes est de ne pas voir plus loin que le bout de leur nez. L'anecdote qui ouvre le livre illustre particulière-ment bien cette caractéristique : lorsqu'il avait six ans, le narrateur avait dessiné un boa ayant mangé un éléphant et s'était heurté à l'incompréhension des adultes, auxquels il faut toujours tout expli-quer, regrette-t-il.

Cette petite histoire introduit d'emblée les thèmes du visible et de l'invisible, qui seront récurrents tout au long du conte. L'épisode de l'astronome turc, peu après, renforce encore la démonstration de l'aveuglement des adultes. En effet, tant qu'il est vêtu de son costume traditionnel, personne ne croit aux théories qu'il avance. Ce n'est que lorsqu'il enfile une tenue européenne qu'il est pris au sérieux. Cet exemple permet aussi à Saint-Exupéry, en même temps, de dénoncer l'eurocentrisme de ses contemporains.

Aller au-delà des apparences : voilà la leçon première que l'auteur cherche à transmettre. Réitéré à plusieurs reprises, ce message fondamental trouve sa plus belle expression dans la bouche du renard : « Adieu, dit le renard. Voici mon secret. Il est très simple : on ne voit bien qu'avec le cœur. L'essentiel est invisible pour les yeux. » (p. 76) Il nous apprend que chaque chose a une face cachée et que chaque élément, si anodin soit-il, peut receler un trésor. Mais pour le découvrir, il faut regarder au-delà des apparences. Or les humains s'avèrent trop concentrés sur eux-mêmes et sur les chiffres pour prendre de la distance et réfléchir :

> « Les hommes de chez toi, dit le petit prince, cultivent cinq mille roses dans un même jardin... et ils n'y trouvent pas ce qu'ils cherchent...
> – Ils ne le trouvent pas, répondis-je...
> – Et cependant ce qu'ils cherchent pourrait être trouvé dans une seule rose ou un peu d'eau...
> – Bien sûr, répondis-je.
> Et le petit prince ajouta :
> – Mais les yeux sont aveugles. Il faut chercher avec le cœur. » (p. 85)

« LA LEÇON QUE JE DONNAIS EN VALAIT LA PEINE. »

Si l'auteur diffuse tout au long du conte de nombreux messages afin d'encourager le lecteur à être plus attentif à ce qui l'entoure, il est un personnage qui incarne tout entier cette sagesse : il s'agit évidemment du petit prince. Être pur, candide et ignorant le monde, il s'intéresse à tout et accorde une égale importance à chacune de ses découvertes. Le serpent lui-même reconnaît la pureté du garçon lorsqu'il lui dit : « Mais tu es pur et tu viens d'une étoile... » (p. 64) Ainsi, l'enfant énonce à l'aviateur des vérités simples (« Droit devant soi on ne peut pas aller bien loin... », p. 22 ; « C'est une question de discipline, me disait plus tard le petit prince. Quand on a terminé sa toilette du matin, il faut faire soigneusement la toilette de la planète. », p. 28) auxquelles ce dernier n'avait jamais réfléchi. Ces propos ont tant marqué l'esprit du narrateur que, six ans plus tard, ce dernier décide de les transmettre à son tour.

Mais l'enfant n'est pas le seul détenteur de la sagesse. Les différentes rencontres du jeune héros constituent autant de canaux par lesquels Antoine de Saint-Exupéry fait passer ses messages. En dépit des défauts que certaines incarnent, les différentes figures du conte, grâce à leur expérience de vie, nous enseignent une ou plusieurs leçons essentielles. Ainsi, le roi de la première planète explique, entre autres, que l'autorité absolue se doit d'être raisonnable. Il peut tout exiger de ses sujets, à la condition que cela ne relève pas de l'impossible : « Il faut exiger de chacun ce que chacun peut donner, reprit le roi. L'autorité repose d'abord sur la raison. Si tu ordonnes à ton peuple d'aller se jeter à la mer, il fera la révolution. J'ai le droit d'exiger l'obéissance parce que mes ordres sont raisonnables. » (p. 44)

Cette leçon, loin de ne s'adresser qu'aux rois, concerne en réalité chacun de nous : quel que soit le pouvoir que l'on exerce sur quelqu'un, il faut rester raisonnable et respectueux vis-à-vis de cette personne, surtout si l'on souhaite conserver son autorité et être soi-même respecté. Il faut par ailleurs faire preuve d'empathie, se montrer équitable et juste, s'ouvrir à ce qu'autrui ressent et être capable de prendre position. Le roi explique encore qu'il faut toujours s'attaquer à soi-même – se regarder, se considérer, s'autoévaluer – avant de s'attaquer aux autres, ce qui n'est certes pas simple. Pour devenir une figure d'autorité respectée, il importe donc d'effectuer en premier lieu un important travail d'introspection, afin de déterminer sa réelle personnalité et ses valeurs. En somme, la véritable sagesse, selon lui, réside en la connaissance de soi-même : « Tu te jugeras donc toi-même, lui répondit le roi.

C'est le plus difficile. Il est bien plus difficile de se juger soi-même que de juger autrui. Si tu réussis à bien te juger, c'est que tu es un véritable sage. » (p. 45)

Le serpent et le renard sont également d'importants vecteurs de sagesse. Le serpent, bien qu'il vive dans le désert, isolé des hommes, est parfaitement au fait de leur solitude et de la manière dont ils fonctionnent. Par ses discours, il en apprend plus sur les humains au petit prince que le pilote lui-même. En outre, il est capable de saisir le sens profond des choses et, d'emblée, distingue la singularité de l'enfant. Le renard, quant à lui, est doté d'une sagesse supérieure, comme on l'a déjà évoqué : il cherche la face cachée de chaque chose.

À travers tous ces épisodes, ce sont les notions de respect et d'ouverture qu'essaye d'enseigner Antoine de Saint-Exupéry : il faut se montrer ouvert d'esprit pour voir au-delà des apparences et, ainsi, apprendre à respecter les hommes et la nature.

« APPRIVOISER ? ÇA SIGNIFIE CRÉER DES LIENS. »

Lorsqu'il quitte sa planète, le petit prince est en quête d'un ami. Le conte de Saint-Exupéry raconte dès lors l'histoire d'une amitié et évoque, de manière générale, la création de liens entre deux êtres. Au fur et à mesure des rencontres du garçon et des leçons qu'il en tire, le lecteur apprend ainsi ce que sont l'amitié et l'amour, et comment se bâtissent les relations avec les autres.

Les premiers personnages que le héros croise sur sa route, les habitants des différentes planètes, sont tous tristes. Ils vivent en solitaire, totalement isolés du reste de l'univers, obsédés par le rôle qu'ils se donnent et fermés à tout ce qui pourrait les en distraire. Ils n'accordent d'importance qu'à leur statut, à leur sérieux, à leurs règles, etc. Par conséquent, aucun ne s'ouvre réellement au petit prince et aucun ne cherche à le connaître, ce qui rend toute relation impossible. Ces rencontres révèlent ainsi, de manière inversée, combien l'intérêt pour l'autre est important dans l'établissement d'une relation.

Le renard est le premier individu avec qui l'enfant tisse réellement des liens. À cet égard, l'animal joue un rôle fondamental dans son apprentissage. Comme on l'a déjà vu, il est celui qui lui enseigne ce qu'est l'amitié et comment construire une relation. Il faut d'abord apprendre à connaître l'autre et « l'apprivoiser » :

> « [...] Qu'est-ce que signifie "apprivoiser" ?
> – C'est une chose trop oubliée, dit le renard. Ça signifie "créer des liens..."
> – Créer des liens ?
> – Bien sûr, dit le renard. Tu n'es encore pour moi qu'un petit garçon tout semblable à cent mille petits garçons. Et je n'ai pas besoin de toi. Et tu n'as pas besoin de moi non plus. Je ne suis pour toi qu'un renard semblable à cent mille renards. Mais, si tu m'apprivoises, nous aurons besoin l'un de l'autre. Tu seras pour moi unique au monde. Je serai pour toi unique au monde... » (p. 71-72)

Le lien qui se construit ainsi peu à peu entre deux êtres rend l'autre unique au monde et le distingue de la masse :

> « Ma vie est monotone. [...] Mais si tu m'apprivoises, ma vie sera comme ensoleillée. Je connaîtrai un bruit de pas qui sera différent de tous les autres. Les autres pas me font rentrer sous terre. Le tien m'appellera hors du terrier, comme une musique. Et puis regarde ! Tu vois, là-bas, les champs de blé ? Je ne mange pas de pain. Le blé pour moi est inutile. Les champs de blé ne me rappellent rien. Et ça, c'est triste ! Mais tu as des cheveux couleur d'or. Alors ce sera merveilleux quand tu m'auras apprivoisé ! Le blé, qui est doré, me fera souvenir de toi. Et j'aimerai le bruit du vent dans le blé... » (p. 72-73)

Mais l'amitié est un processus continu qui demande beaucoup d'efforts, car il faut accepter l'autre tel qu'il est et respecter ses choix, y compris s'il choisit de partir.

Le renard ouvre par ailleurs les yeux au petit prince quant à sa relation avec la rose. Il lui fait comprendre que tout le temps qu'il a passé à soigner sa fleur reflète l'intensité de son amour pour celle-ci : « C'est le temps que tu as perdu pour ta rose qui fait ta rose si importante. » (p. 78) D'ailleurs, l'amour de l'enfant pour sa fleur rayonne dans tout le conte et éblouit même le narrateur, qui découvre alors à son tour ce qu'est un amour sincère : « Ce qui m'émeut si fort de ce petit prince endormi, c'est sa fidélité pour une fleur, c'est l'image d'une rose qui rayonne en lui comme la flamme d'une lampe, même quand il dort... » (p. 82-84)

« ENFANTS ! FAITES ATTENTION AUX BAOBABS ! »

De manière générale, Antoine de Saint-Exupéry offre, à travers ce conte, une analyse du monde moderne. Il dénonce ses invraisemblances et ses défauts, et tire la sonnette d'alarme. Selon lui, la société court à sa perte et il est temps d'agir, en suivant l'exemple du petit prince.

Si les habitants des différentes planètes incarnent, comme on l'a vu, des défauts humains, ils renvoient aussi, plus globalement, à plusieurs facettes de la société contemporaine vivement dénoncées par l'auteur :

- tout d'abord, le roi illustre l'idée d'un pouvoir absolu sur l'ensemble de la création. En effet, bien qu'il se montre raisonnable, il n'en est pas moins persuadé de régner sur tout l'univers ;

- le businessman, ensuite, représente le capitalisme. Ses seules et uniques préoccupations sont d'être le premier à tout posséder et d'augmenter ses richesses personnelles ;
- le buveur, pour sa part, est là pour dénoncer le problème de l'alcoolisme ;
- quant à l'allumeur de réverbère, il renvoie, d'une part, au conformisme de la société et, d'autre part, au fait que l'homme ne parvient plus suivre le rythme de sa planète, car tout évolue trop rapidement, comme en atteste aussi l'épisode de l'aiguilleur. Dès lors, l'être humain est incapable de trouver sa place ;
- enfin, le géographe, qui décide de ce qui vaut la peine d'être consigné, incarne le sentiment de supériorité des hommes. Aussi refuse-t-il de s'adapter à son environnement et de faire le moindre effort pour apprendre à connaître l'univers par lui-même. Il symbolise donc également la fainéantise humaine.

En outre, bien que l'œuvre ne semble *a priori* aucunement liée au contexte particulier qui la voit naître, certains passages font pourtant directement écho à l'histoire contemporaine. C'est le cas de l'épisode des baobabs, dont le lecteur retient qu'il faut être attentif à bien distinguer les bonnes graines des mauvaises et à arracher sans tarder les jeunes pousses susceptibles de devenir des arbres destructeurs :

> « Or, il y avait des graines terribles sur la planète du petit prince… c'étaient les graines de baobabs. Le sol de la planète en était infesté. Or, un baobab, si l'on s'y prend trop tard, on ne peut jamais plus s'en débarrasser. Il encombre toute la planète. Il la perfore de ses racines. Et si la planète est trop petite, et si les baobabs, sont trop nombreux, ils la font éclater. » (p. 27)

Mise en parallèle avec les événements contemporains, cette citation et, surtout, l'illustration qui l'accompagne – trois baobabs si grands qu'ils envahissent la planète du petit prince –, se charge d'un sens politique indéniable. Les trois baobabs font en effet penser à Joseph Staline (1878-1953), Adolf Hitler et Benito Mussolini (1883-1945), trois hommes d'État terribles qui ont imposé leur autorité et étouffé leur population. Antoine de Saint-Exupéry, qui a beaucoup voyagé et a pu observer la dangereuse orientation politique que prenaient certains pays, lance ainsi aux lecteurs contemporains un appel à la vigilance :

> « Je n'aime guère prendre le ton d'un moraliste. Mais le danger des baobabs est si peu connu, et les risques courus par celui qui s'égarerait dans un astéroïde sont si considérables, que, pour une fois, je fais exception à ma réserve. Je dis : "Enfants ! Faites attention aux baobabs !" C'est pour avertir mes amis d'un danger qu'ils frôlaient depuis longtemps, comme moi-même, sans le connaître, que j'ai tant travaillé ce dessin-là. La leçon que je donnais en valait la peine. Vous vous demanderez peut-être : Pourquoi n'y a-t-il pas, dans ce livre, d'autres dessins aussi grandioses que le dessin des baobabs ? La réponse est bien simple : J'ai essayé mais je n'ai pas pu réussir. Quand j'ai dessiné les baobabs j'ai été animé par le sentiment de l'urgence. » (p. 28)

STYLE ET ÉCRITURE

UNE CONSTRUCTION ÉPISODIQUE

Le Petit Prince est constitué d'une suite de 27 chapitres relatant chacun un épisode clairement délimité. Il n'y a aucune répétition : l'événement, la rencontre ou la réflexion s'ouvre et se clôture en un seul chapitre. Chacun d'entre eux pourrait presque être déplacé à un autre endroit sans que cela n'altère le sens global du récit. Pourtant, l'ordre de leur apparition contribue à l'avancée progressive de l'histoire et permet au lecteur d'aller toujours plus loin dans la réflexion. En somme, chaque chapitre est porteur d'une signification nouvelle qui permet d'avancer vers une pensée plus profonde.

Par ailleurs, en dépit de l'indépendance des épisodes les uns par rapport aux autres, le conte présente une grande unité, grâce à son style particulier, mais aussi, et surtout, grâce aux personnages du narrateur et de l'enfant. Chacun des chapitres comporte au moins l'un de ces deux protagonistes et force est de constater que ceux-ci sont interdépendants :

- d'une part, c'est grâce à l'aviateur que l'histoire du petit prince nous parvient. Sans lui, il n'y aurait tout simplement pas de récit ;
- d'autre part, c'est grâce à sa rencontre avec le jeune garçon que le narrateur a une histoire à raconter. Sans l'enfant, il n'y aurait donc pas de récit non plus.

Le Petit Prince trouve également son unité dans le fait qu'il retrace l'évolution intérieure de chacun d'eux. S'ils semblent parcourir des chemins différents, ils sont pourtant en quête de la même chose : un ami pour pallier leur solitude. Notons toutefois que le petit prince joue davantage le rôle de guide par rapport à l'aviateur, même si le récit nous relate également comment le garçon a lui-même découvert tout ce qu'il a appris.

L'ART DE LA SIMPLICITÉ

Il est un mot qui résume à merveille le style qu'emploie Antoine de Saint-Exupéry dans *Le Petit Prince* : la simplicité. Recourant à un vocabulaire usuel, à des phrases courtes et à une syntaxe basique, il écrit les choses telles qu'elles sont, sans chercher à produire un quelconque effet ni à impressionner par ses formulations. Dans ses textes précédents, il recourait déjà à un style documentaire, retranscrivant sans fioritures les événements tels qu'ils étaient advenus, en quelques mots, parfois sans même construire une phrase complète.

Mais, à la différence des autres écrits de l'auteur, dans *Le Petit Prince*, cette simplicité formelle est en parfait accord avec la candeur enfantine qui se dégage des épisodes relatés, d'où le succès du conte auprès des jeunes lecteurs. En outre, Saint-Exupéry emploie un ton moins solennel et davantage confidentiel. Le narrateur, qui s'exprime en « je », nous raconte son aventure comme s'il y était encore et comme si le petit prince était toujours présent. Ses phrases sont ainsi dotées d'une importante force émotive : on ressent et on vit son histoire avec la même intensité que lui quelques années auparavant. Aussi la rapide succession de phrases courtes apporte-t-elle une certaine dynamique au récit. On passe ainsi en quelques mots d'un sentiment à un autre ou d'un état à un autre :

> « Le petit prince, qui me posait beaucoup de questions, ne semblait jamais entendre les miennes. Ce sont des mots prononcés par hasard qui, peu à peu, m'ont tout révélé. Ainsi, quand il aperçut pour la première fois mon avion (je ne dessinerai pas mon avion, c'est un dessin beaucoup trop compliqué pour moi), il me demanda :
> – Qu'est-ce que c'est que cette chose-là ?

> – Ce n'est pas une chose. Ça vole. C'est un avion. C'est mon avion.
> Et j'étais fier de lui apprendre que je volais. Alors il s'écria :
> – Comment ! tu es tombé du ciel !
> – Oui, fis-je modestement.
> – Ah ! ça c'est drôle !...
> Et le petit prince eut un très joli éclat de rire qui m'irrita beaucoup. Je désire
> que l'on prenne mes malheurs au sérieux. » (p. 19-20)

Bien que l'histoire du petit prince soit évidemment fantaisiste, la simplicité dont l'auteur fait preuve nous permet d'imaginer sans difficulté le petit garçon apparaissant dans le désert après avoir voyagé d'astéroïde en astéroïde et conversant avec une rose ou un renard :

> « Le premier soir je me suis donc endormi sur le sable à mille milles de
> toute terre habitée. J'étais bien plus isolé qu'un naufragé sur un radeau
> au milieu de l'océan. Alors vous imaginez ma surprise, au lever du jour,
> quand une drôle de petite voix m'a réveillé. Elle disait :
> – S'il vous plaît... dessine-moi un mouton !
> – Hein !
> – Dessine-moi un mouton...
> J'ai sauté sur mes pieds comme si j'avais été frappé par la foudre. J'ai
> bien frotté mes yeux. J'ai bien regardé. Et j'ai vu un petit bonhomme
> tout à fait extraordinaire qui me considérait gravement. » (p. 15-16)

L'essentiel pour l'auteur, c'est que son message soit compris par tous. Et pour y parvenir, la simplicité est la meilleure solution. Il recourt également à la répétition, afin de mettre en évidence les idées importantes. Par exemple, au terme de chacune de ses rencontres avec les habitants des différentes planètes, le petit prince se fait toujours la même réflexion : « Les grandes personnes sont bien étranges, se dit le petit prince, en lui-même durant son voyage. » (p. 45) ; « Les grandes personnes sont décidément bien bizarres, se dit-il simplement en lui-même durant son voyage. » (p. 48) ; « Les grandes personnes sont décidément tout à fait extraordinaires, se disait-il simplement en lui-même durant le voyage. » (p. 53)

Le style de Saint-Exupéry peut aussi être qualifié de naturel dans la mesure où, à ses yeux, l'écriture est une conséquence de la vie. On ne peut écrire que si on a vécu, que si on a acquis une certaine expérience du monde et de l'existence. Dès lors, il s'agit de rester fidèle à son inspiration et à la manière dont on ressent les choses, d'où une écriture naturelle. Cela signifie qu'il y a une importante part de vécu dans les écrits de Saint-Exupéry. En dehors des éléments concrets déjà relevés (par exemple la panne dans le désert du narrateur, qui renvoie à un incident similaire arrivé à l'auteur), les leçons distillées dans le conte proviennent sans aucun doute des années d'observation et de réflexion de l'écrivain sur la condition humaine. Ainsi, c'est à partir de sa propre expérience qu'il dresse une sorte de bilan de l'humanité et qu'il adresse à celle-ci son message d'espoir.

UNE ÉCRITURE IMAGÉE

Faussement adressé aux enfants, *Le Petit Prince* cache derrière sa simplicité apparente une signification profonde à l'attention des adultes. La morale de l'histoire n'est-elle pas qu'il faut voir au-delà des apparences et porter son attention sur l'essentiel ?

Écrire est un réel acte d'engagement pour Saint-Exupéry. Il ne s'agit donc pas de dire n'importe quoi, ou d'être purement enfantin et inconséquent. De ce fait, chaque chapitre du *Petit Prince* peut être lu comme une parabole : chacun d'eux constitue un récit à part entière, au sujet d'un thème contemporain dont il explore les diverses facettes (la solitude, l'amour, etc.) et derrière lequel se cache une morale. En outre, le personnage du petit prince, en particulier, peut être considéré comme un prophète. Il apporte sur Terre, à l'aviateur en particulier, un message d'amour avant de retourner sur son étoile. Il présente lui-même sa mort comme un simple passage vers un ailleurs meilleur. Cela confère à l'ensemble de l'œuvre une importante dimension spirituelle :

> « Tu auras de la peine. J'aurai l'air d'être mort et ce ne sera pas vrai...
> Moi je me taisais.
> – Tu comprends. C'est trop loin. Je ne peux pas emporter ce corps-là. C'est trop lourd.
> Moi je me taisais.
> – Mais ce sera comme une vieille écorce abandonnée. Ce n'est pas triste les vieilles écorces...
> [...] Maintenant je [l'aviateur] me suis un peu consolé. C'est-à-dire... pas tout à fait. Mais je sais bien qu'il est revenu à sa planète, car, au lever du jour, je n'ai pas retrouvé son corps. Ce n'était pas un corps tellement lourd... » (p. 93-95)

Si l'image est allégorique, elle est aussi très concrète. Le texte du *Petit Prince* est en effet jalonné d'illustrations réalisées à l'aquarelle par l'auteur lui-même. Il est amusant de noter que tous ces dessins témoignent uniquement de l'univers du petit prince. À aucun moment l'aviateur n'est représenté. Ils apportent en quelque sorte un témoignage visuel des aventures de l'enfant et leur confèrent ainsi une certaine concrétude. Par ailleurs, l'esthétique de ces aquarelles correspond au style simple et épuré de l'écriture de Saint-Exupéry : quelques traits, quelques plages de couleurs et le dessin est réalisé. Enfin, remarquons encore qu'il s'agit d'un nouveau mode d'expression pour l'auteur. Même s'il griffonnait des dessins similaires à ceux-ci depuis plusieurs années, jamais il ne les avait encore réellement exploités. Il fait d'ailleurs part de ses difficultés dans ce domaine dès les premières lignes du conte. De plus, leur imperfection se reflète dans la réception des ébauches du pilote par le petit prince qui se moque gentiment de lui.

LA RÉCEPTION DU *PETIT PRINCE*

UN LIVRE UNIVERSEL

Le Petit Prince est publié en avril 1943 aux États-Unis, simultanément en anglais et en français, apportant un souffle de fraîcheur et de lumière dans cette période sombre. L'œuvre connaît immédiatement un véritable succès planétaire qui ne s'est jamais démenti jusqu'à aujourd'hui. Publié à près de 160 millions d'exemplaires partout dans le monde depuis sa sortie, le conte contribue à promouvoir une philosophie universelle, mais permet aussi la conservation des langues. En effet, le livre est également traduit dans des dialectes menacés de disparition, par exemple le toba du Nord de l'Argentine, le féroïen des îles Féroé, le tagalog des Philippines ou encore la langue tzigane. Il sert également à l'alphabétisation des sociétés ayant un accès plus difficile à l'enseignement, notamment aux Touaregs (peuple nomade du Sahara) et à la population khmère (Viêt Nam). Il s'agit de l'ouvrage non religieux le plus lu et le plus traduit au monde après la Bible.

DE TRÈS NOMBREUSES ADAPTATIONS

Le Petit Prince connaît par ailleurs un nombre d'adaptations incalculable. L'histoire et ses personnages sont déclinés sous toutes les formes possibles et imaginables : livres audio, comics, bandes dessinées, séries animées, opéras, ballets, films, peluches et autres produits dérivés. Il existe même, en France, un parc d'attractions entièrement dédié à l'univers du petit prince. Plusieurs musées et expositions consacrés à Antoine de Saint-Exupéry et à son œuvre ont également vu le jour, un peu partout dans le monde.

Le premier long-métrage adapté du *Petit Prince* date de 1967. Il est l'œuvre du Lituanien Arunas Zebriunas (1930-2013). De nombreux autres films ont suivi, notamment en 1974 par Stanley Donen (né en 1924), qui en a fait une comédie musicale récompensée aux Golden Globes. L'été 2015 a vu la première adaptation de l'œuvre de Saint-Exupéry en film d'animation. Plus que l'adaptation d'un livre, il s'agit plutôt d'une mise en abîme. En reprenant le message et la philosophie du conte de Saint-Exupéry, le réalisateur les transpose dans notre société contemporaine. Désormais, c'est une petite fille en prise avec l'univers des adultes, coincée dans un univers trop sérieux, qui fait la rencontre d'un aviateur. Ce dernier l'initie au monde, et lui apprend à ouvrir ses yeux et son cœur. Comme dans le conte, ce personnage transmet les leçons qu'il a lui-même apprises auprès du petit prince, jouant ainsi, pour cette petite fille, le rôle de guide.

Depuis l'hiver 2010, une série animée en images de synthèse adaptée du conte de Saint-Exupéry est diffusée en France, à destination des enfants. Ce n'est pas la première : déjà dans les années 1970, une série d'animation japonaise lui a été consacrée. Elle se compose actuellement de 52 épisodes de 26 minutes commençants, chacun, par une lettre qu'adresse le petit prince à sa rose. Accompagné de son ami le renard, il voyage de planète en planète et vit des aventures enrichissantes. Derrière la réalisation de ce dessin animé se cachent le petit neveu de l'auteur, l'éditeur français Gallimard et un producteur expérimenté dans l'adaptation d'histoire enfantine. L'idée est de poursuivre les aventures de l'enfant aux cheveux de la couleur des blés et d'en prolonger l'esprit afin de continuer à en transmettre les valeurs.

Notons encore que 24 albums en bandes dessinées par Didier Poli (né en 1971), Guillaume Dorison (né en 1979) et Jean-Baptiste Hostache (né en 1981) ont été tirés de cette série. Chacun d'entre eux se clôt par un chapitre inédit dans lequel un grand nom de la bande dessinée (Moebius, 1938-2012, par exemple) revisite à sa manière l'histoire du petit prince : ce type d'adaptation permet d'amener l'œuvre de Saint-Exupéry à un public encore plus large, qui n'est pas forcément attiré par les livres classiques.

Enfin, parmi les adaptations théâtrales, la première mise en scène du *Petit Prince* date de 1963, au théâtre des Mathurins à Paris. Elle est l'œuvre de l'acteur et metteur en scène, Raymond Gérôme (1920-2002). Depuis lors, de nombreuses représentations théâtrales ont eu lieu, en France et partout dans le monde. Des spectacles musicaux sont également montés régulièrement. Ainsi, en 2001, Richard Cocciante (né en 1946) a réalisé une comédie musicale en deux actes du *Petit Prince* au Casino de Paris, en suivant le conte original chapitre par chapitre. Un ballet classique a par ailleurs vu le jour en juillet 2015, présenté par le Palais d'Hiver Saint-Pétersbourg Ballet. Composé de deux actes, il retrace l'histoire du petit prince au son des musiques des grands compositeurs classiques appréciés par Antoine de Saint-Exupéry tels que Mozart (1756-1791), Franz Schubert (1797-1828), Claude Debussy (1862-1918) ou encore Maurice Ravel (1875-1937). Il s'agit de la première adaptation mondiale du *Petit Prince* en un ballet classique. Les costumes et les décors sont fortement inspirés des aquarelles de l'auteur. Ainsi, on continue de voir, aujourd'hui encore, l'univers du petit prince imprégner l'imaginaire collectif.

Statue d'Antoine de Saint-Exupéry et du petit prince dans le jardin royal de Toulouse.

BIBLIOGRAPHIE

SOURCES BIBLIOGRAPHIQUES

- ANET (Daniel), *Antoine de Saint-Exupéry. Poète-romancier-moraliste*, Paris, Corréa, 1946.
- BEAUMARCHAIS (Jean-Pierre), COUTY (Daniel) et REY (Alain), *Dictionnaire des écrivains de langue française. M-Z*, Paris, Larousse, 2001.
- DES VALLIÈRES (Nathalie), *Saint-Exupéry. L'archange et l'écrivain*, Paris, Gallimard, 1998.
- IBERT (Jean-Claude), *Antoine de Saint-Exupéry*, Paris, Éditions universitaires, 1960.
- ODAERT (Olivier), « Saint-Exupéry et son double », in *Image & Narrative*, volume 10, 2009, consulté le 18 août 2015. http://www.imageandnarrative.be/inarchive/l_auteur_et_son_imaginaire/Odaert.htm
- POLET (Jean-Claude), *Parcours dans le patrimoine littéraire européen. Introduction à l'anthologie*, Bruxelles, De Boeck, 2008.
- PROVOST (Cécile), *Lire Saint-Exupéry*, Paris, Hachette, 1971.
- ROY (Jules), *Saint-Exupéry*, Tournai, La Renaissance du Livre, 1998.
- SAINT-EXUPÉRY (Antoine), *Le Petit Prince*, Paris, Gallimard, 1999.
- TOURET (Michèle), *Histoire de la littérature française du XXe siècle*, tome 1, Rennes, Presses universitaires, 2000-2008.
- VIRCONDELET (Alain), *Antoine de Saint-Exupéry*, Paris, Éditions du Chêne, 2000.

SOURCES COMPLÉMENTAIRES

- *Antoine de Saint-Exupéry, la maison du* Petit Prince, documentaire de Bruno Ulmer, 2012.

- DREWERMANN (Eugen), *L'essentiel est invisible : une lecture psychanalytique du* Petit Prince, Paris, Cerf, 1992.
- LACROIX (Delphine), *Antoine de Saint-Exupéry : dessins, aquarelles, pastels, plumes et crayons*, Paris, Gallimard, 2006.
- *Les Ailes brisées. Saint-Exupéry, le dernier chevalier du ciel*, documentaire de Denis Sneguirev, France, 2014.
- MONIN (Yves), *L'Ésotérisme du Petit Prince de Saint-Exupéry*, Paris, Nizet, 1976.
- PRADEL (Jacques) *et alii, Saint-Exupéry, l'ultime secret : enquête sur une disparition*, Paris, La Loupe, 2011.
- Site officiel du *Petit Prince*, consulté le 11 août 2015.
  http://www.lepetitprince.com/
- Site officiel d'Antoine de Saint-Exupéry, consulté le 11 août 2015.
  http://www.antoinedesaintexupery.com/

SOURCES ICONOGRAPHIQUES

- Immeuble parisien dans lequel Antoine de Saint-Exupéry a vu le jour, le 29 juin 1900. La photo reproduite est réputée libre de droits.
- Inscription à la mémoire de Saint-Exupéry au Panthéon de Paris. La photo reproduite est réputée libre de droits.
- Statue d'Antoine de Saint-Exupéry et du petit prince dans le jardin royal de Toulouse. La photo reproduite est réputée libre de droits.
- Statue représentant le petit prince sur sa planète, Hakone (Japon), musée du Petit Prince de Saint-Exupéry. La photo reproduite est réputée libre de droits.

QUELQUES ADAPTATIONS

- *Le Petit Prince*, adaptation phonographique avec Gérard Philippe, Georges Poujouly, Michel Roux, France, 1954.
- *The Little Prince*, comédie musicale de Stanley Donen, avec Richard Kiley, Steven Warner et Gene Wilder, États-Unis, 1974.

- *Le Petit Prince*, film de Jean-Louis Guillermou, avec Guy Gravis et Daniel Royan, France, 1990.
- *Le Petit Prince*, adaptation phonographique avec Pierre Arditi et Benjamin Pascal, France 1990.
- *Le Petit Prince. D'après l'œuvre d'Antoine de Saint-Exupéry*, adaptation en bandes dessinée de Joann Sfar, France, 2008.
- *Le Petit Prince*, série d'animation de 52 épisodes par Method Animation, France, 2010.

Éditeur responsable : Lemaitre Publishing
Avenue de la Couronne 382 | B-1050 Bruxelles
info@lemaitre-editions.com

ISBN ebook : 978-2-8062-6861-7
ISBN papier : 978-2-8062-6862-4
Dépôt légal : D/2015/12603/374
Couverture : © Lisiane Detaille